S.T.ROSEMARY COLLEGE

聖迷迭香書院

推理七公主

CASE

2

襲擊麵包店的
模仿犯

作者　　　　　繪畫
卡特 × 魂魂SOUL

目錄

登場人物介紹

總務
張綺綾
巨蟹座＊O型血

資優生，從一萬多個報考者中脫穎而出，以全科滿分的成績考獲全額獎學金入學。擅長推理和觀察，對眾人聲稱擁有「超能力」不以為然。

秘書
郭智文
水瓶座＊B型血

作男性打扮，像影子般一直陪伴在會長左右。她有超乎常人的辦事效率，經常在會長開口前就已完成任務。聲稱擁有「過目不忘」的超能力。

副會長
林紫語
獅子座＊A型血

和會長是學生姊妹，比會長開朗、實際和易相處，掌握學生會的所有事務，是師生們的好幫手。她聲稱跟姐姐一樣，擁有「心靈相通」的超能力。

會長
林紫晴
獅子座＊A型血

一旦決定了的事情就不會改變，有效率，但固執，不擅交際。她也是聖迷迭香書院裡的權力核心，只要她決定了的事，就會變成事實。

宣傳
司徒晶晶
金牛座 ＊ O型血

司庫
曾樂盈
處女座 ＊ A型血

福利
阮思昀
雙魚座 ＊ AB型

鄭宇辰
天秤座 ＊ A型血

鄰校羅勒葉高校學生會的會長，和會長姊妹家族是世交。似乎對七公主的某人萌生了情愫。

陳非凡
天秤座 ＊ O型血

羅勒葉高校學生會副會長，明明有著一副不良少年的樣子，但卻又架著一副文學氣息十足的眼鏡，感覺有點矛盾。和阿辰在學業方面是死對頭，但又同時一起營運學生會，關係微妙。

身型嬌小，經常穿著可愛的服裝，但思想實際老成穩重。她是消息最靈通的人，也最多朋友、最多人信賴。聲稱擁有「讀心」的超能力。

對科技和理科的了解非常深入，認為所有事情都「有因有果」，只要弄清前因後果，就能解構世界。聲稱擁有「預知未來」的超能力。

非常博學，通曉古今文學、電影、文化和哲學。性格文靜，不過一旦談到她喜歡的話題就會停不下來。聲稱擁有「隱形」的超能力。

第 I 章 書店老闆的委託

十月十五日，午飯時間，厚厚的積雨雲籠罩天空。聖迷迭香書院屹立在這片藍中有點帶灰的蔽光天色之下，散發著無比的威嚴。

在校舍與辦公室中間的庭園內，有一座豪華歌德式涼亭，小綾穿著學生會特別版的校服，一個人坐在涼亭中，享用著管家小姐做給她的便當，精緻便當上有著兩隻香噴噴的炸大蝦，還有做得恰到好處的玉子燒，加上用白菜拌著的絲苗米飯。

小綾用一雙蛇紋木筷子夾起了一塊玉子燒，用優雅的動作把它送入口中，玉子表皮被烤得鬆

脆，而入面則柔軟而甜美。

「不愧是小艾，廚藝簡直無可挑剔。」小綾心裡讚歎。小艾是宿舍的管家，負責一切家務和伙食。

　　吃完美味的便當，小綾感到滿足，她站起來伸個懶腰，活動一下筋骨。 雖然平日小綾會和同學共進午餐，但偶爾這樣一個人看著美麗的校園悠閒地享用便當，也是一個不錯的選擇。

張綺綾，原來你在這裡！
會長在找你啊！

　　從教學樓那邊一直走近的是學生會的宣傳晶晶。晶晶的消息很靈通，校內的大小事情都在她的掌握之中。

　　「是嗎？本來我打算在吃過飯後，就過去學生會室的。」小綾是現屆學生會的總務，基本上每天下課後的時間她都會在學生會室內；而這星期是期中測驗週，下午沒有課。

　　「不要緊，我猜會長只是想找個伴喝茶而已。」晶晶閉上一隻眼睛，伸出舌頭做了個鬼臉。

　　「那就好，我們現在過去吧。」小綾也用同一個鬼臉回應了晶晶，晶晶隨即滿意地笑了。

　　小綾和晶晶二人並肩而行，穿過庭園中的林蔭隧道，走回校舍之中。在宏偉的校舍玄關內，她們遇上了學生會的司庫盈盈。

你們怎麼還在這裡？

會長剛才説她悶得發慌，

要找人聊天啦。

　　盈盈對小綾和晶晶説。

　　「我剛剛在吃飯……」

小綾稍為舉高手中的便當

盒，試著解釋。

　　「然後我就叫會長試試

和 Siri 談天，卻被會長罵無聊，

趕了我出來。」盈盈打斷了小綾的解釋，自顧自

的説。

　　「Siri 即是蘋果手機裡的智能助理軟件吧？

那種程度會長怎麼會滿意。」小綾説。

「對呀！Siri 還一直被會長罵他笨。」盈盈接著說。

說著說著，她們三人已經來到學生會室的大門前了，就在她們接近大門的瞬間，門從裡面慢慢地打開。

打開門的是一個作男性化打扮的女生，那是智文，是學生會的秘書，有著超乎常人的辦事效率，經常在會長提出要求前就已經完成任務。

會長等你們很久了。

　　智文一邊說，一邊用手勢示意眾人進去。

　　學生會室內部非常寬敞，在兩個籃球場般大的大廳中間，放著一張很有氣派的紅木會議桌，會議桌旁邊有八張看似十分舒適的皮椅，大廳近窗的位置有兩張大梳化，梳化前面有一張高級精美的茶几，梳化上面坐著兩個無論相貌、身型都非常相似的美人。

　　這兩個美人，一個是學生會會長──林紫晴；另一個是會長的孿生妹妹──林紫語，學生會的副會長。

　　小綾等三個人坐在梳化上，就在她們坐下的一瞬間，智文端出了她們的專用茶杯，分別是小綾的藍白間花紋，鑲著金邊的骨瓷 Royal Albert 杯子；晶晶的 The East India Company

出品銀製石英杯耳茶杯；還有盈盈的四葉草花紋 Fortnum & Mason 茶杯；並且為她們一一倒了茶。

今天學生會室喝的是日本京都府宇治市出品的焙茶，除了濃郁的烘焙香氣以外，小綾還嘗到一種醇厚甘甜的茶味。

「終於都湊齊人了。」副會長拿起黑底白繩紋的 Hermes 茶杯喝了一口焙茶，臉露笑容然後說。

「對啊，下午沒課的話，就應該把便當帶來學生會室吃吧，吃完然後一起喝茶。」會長氣定神閒地看著小綾手上的便當盒說，話裡透出一種讓人不敢違抗的威嚴。而會長的專用茶杯則是白底黑繩紋的 Hermes，和副會長湊成一對。

「我下次會來和會長一起吃飯的了，我們交換便當吧？好不好？」小綾已經習慣了會長這種

語氣，也明白那只是會長表達自己情感的方式。

「吖！對了！小綾，從開學日那天開始，阿辰就一直在問關於你的事，煩死人。」會長用不屑的語氣說。

在開學日解決班主任失蹤事件時，阿辰和小綾見過一面。身為羅勒葉高校的學生會會長，加上和會長的家族是世交，在意小綾的阿辰打後一直向會長打聽有關小綾的事。

「阿辰會不會是喜歡上你了？」

直覺敏銳的晶晶用手指戳了一下小綾的臉蛋。

「不會啦，我們只見過一面而已，談不上甚麼喜歡不喜歡的。」小綾拿起自己的 Royal Albert 茶杯，再呷了一口。

第十章

「我們的『天才推理少女小綾』原來是個遲鈍鬼呢！」晶晶笑不攏嘴。

「明明就不是嘛！怎麼會扯到遲不遲鈍這點上去了！」小綾反駁。

就在這時，大門傳來了敲門聲，「叩、叩、叩、叩、叩、叩——叩、叩、叩、叩、叩、叩——」，而且一直重複著這種五短一長的節奏。

「這是高二 A 班的班主任吧，智文，你去開門讓他進來吧。」會長説。

非學生會成員要進入學生會室，要得到會長的批准，還需要記住盈盈為他們設立的敲門密碼。五短一長是高二 A 班班主任的敲門密碼。

高二 A 班班主任是開學日失蹤事件的主角，他是一個人工智能的機械老師，但無論從外表上或是談吐上都完全看不出來，是近乎完美的人工智能作品。

自從上次事件之後，班主任會帶著不同的人來到學生會，委託她們幫手解決問題，有時是尋

找遺失的物件，有時是調查流言的出處，林林總總，在「天才推理少女小綾」面前，這些問題都會迎刃而解。

聖迷迭香書院的日常生活非常和平，很少會有真正罪案發生，大家也樂得清閒，不介意去解決這些零碎事件。

「會長你好，這是商業區小書店『陋室書屋』的老闆。」班主任拿到遞給他的客用 Whittard 黃色茶杯，喝了一口焙茶之後開始介紹。

聖迷迭香書院和羅勒葉高校由於位處郊區，所以兩校中間有一個共用的商業區，各種商舖、戲院、卡拉 OK、娛樂設施，應有盡有。

「你好。」書屋老闆跟著說。

「你們好，你們有事要委託我們學生會嗎？」

會長明明語氣已經非常輕描淡寫，但卻有種讓人透不過氣的氣氛隨著這個問題襲來。

「這次要委託學生會幫手，因為書屋中有書被偷了。」班主任代替書屋老闆說。

「對，對，那是《飢餓遊戲》系列的書，每套三本，已經被整整偷了五套，一共是十五本了。」書屋老闆補充。

《飢餓遊戲》（英語原名《The Hunger Games》）是美國青少年冒險科幻小說，共有三部曲，是小說家蘇珊・柯林斯創作。內容是講述主角 Katniss 頂替自己的妹妹參加一個由政府舉辦名為「飢餓遊戲」的真人秀，遊戲參加者有 24 人，他們要用任何方法殺死對方，剩下的一位參賽者，便是遊戲的優勝者。

「真奇怪，無論是聖迷迭香書院或是羅勒葉高校，都應該不會有小偷吧？」盈盈疑惑。

「對呀，想要甚麼的話，買就可以了。」會長認同。這是事實，畢竟這兩校的學生都非富則貴，最不缺的就是錢；平民像小綾要入讀的話，先要考取巨額獎學金，平均每一萬人投考才會錄取一人。

「所以說，這件事情應該不簡單。」小綾說。

「又來了！漫畫中的名偵探的台詞！」會長指著小綾，臉上笑得非常燦爛。

「別取笑我了，你快點下令吧，我們去把小偷揪出來。」小綾已經習慣了會長的反應。

第 2 章 目標不明的偷書賊

　　會長帶著智文和小綾，跟著書店老闆一起出發，先到現場查察一下。班主任因為還有其他教務要忙，就先回去了，晶晶她們其餘三人，則是被會長安排留守。

　　幾個人跟著書店老闆來到一條小巷中，雖然不是十分僻靜，但一定算不上是繁忙的地區。只見書店有著不起眼的啡色招牌和啡色木門。

　　「叮叮，噹。」書店老闆推開木門，木門上掛著一個小小的風鈴，每當有人打開木門時，風鈴

都會叮噹作響。

「請進來。」書店老闆率先進入店內，而小綾一行人則緊跟其後。

「陋室書屋」是商業區中一間小型的書店，佔地只有普通課室左右的大小，還有傳統式的雜誌架放在門外；門後有收銀櫃檯和暢銷書籍的展示架，在暢銷書籍後面擺放的，則是按種類索引的其他書籍。

地上鋪著容易打理的灰色地氈，牆上則有一張手繪的「不准飲食」標語，各個書架上的書本整齊排列，清晰而且美觀。

「老闆，你這裡⋯⋯沒問題嗎？」會長像是察覺到甚麼，開口問道。

「我不明白。」書店老闆不知道她所問何事。

　　「會長的意思是，你這種規模的經營模式，面對大街那邊的大型書店『三中書局』，大概會很艱難吧？人家有光猛的門面、自動化的收銀、還有各式各樣的推廣活動。」智文明白會長話裡的意思，所以補充。

　　「這樣說可能有點不禮貌，但我直話直說了，老闆你的生意應該不太好吧。」會長用食指指著自己的側額，然後問。在這個商業區和聖迷迭香書院的範圍內，能夠如此直話直說的，大概也只有會長一個人。

　　「勉強可以維持啦，其實我開書店，並不是為了賺錢，我希望可以介紹不同的書本給同學們。」書店老闆說。

　　「那我介紹多一點同學來你這邊吧，到時就

麻煩你了。」會長露出了一個意味深長的笑容。

　　書店老闆走到暢銷書籍的展示架前，正打算開口説話。

　　「老闆，是放在這裡的《飢餓遊戲》系列被偷了嗎？」小綾走近暢銷書籍的展示架，搶在書店老闆開口前發問。

　　而且小綾一邊問，還一邊指著那裡三疊並排的《飢餓遊戲》系列，他們分別是第一部《飢餓遊戲》（The Hunger Games）、二部曲《星火燎原》（Catching Fire）與三部曲《自由幻夢》（Mockingjay），每一部都有三至四本放在展示架上。

　　「對，都是趁我去執拾書本、洗手間、又或是不留神時不見的，往往我發現時，就一整套三本一起不見了。」書店老闆説。

「即是説，書本被偷的時間你都清楚？」小
綾問。

「大概掌握吧，都是下午之後。我很留意庫存的，所以每次書本被偷我都會知道。」書店老闆說。

「也對，以這裡的整齊程度來看，你應該記得每本書擺放的位置，也不會亂放以致遺失的。」小綾說。

「那是一個書店老闆基本要做到的事吧。」書店老闆答。

「那現在是怎樣？小綾，你知道是誰偷書了嗎？」會長一臉興奮地問，會長就是這種會把所有感情都投影在臉上的人。

「怎麼可能？資料那麼少。」小綾搖了搖頭，開始在暢銷書籍展示架附近細心觀察。

「怎麼可能？你可是『天才推理少女小綾』，

而我是『推理七公主』的首領，你快點找到答案

啦！」會長的表情顯得更興奮了。

　　小綾蹲在暢銷書籍展示架附近，在架的底

部，小綾發現了一張《飢餓遊戲》系列第三部曲

《自由幻夢》的書腰。

書腰

「看，我找到這個。」小綾小心翼翼地從架底下把書腰拈了出來，這條書腰飄到了架子底下，現在都鋪滿塵了。

所謂書腰，就是包裹在圖書封面外的一條紙帶，紙帶上有兩個勒口，覆蓋在封面或護封上面，這條紙帶的寬度一般是圖書高度的三分之一左右，上面通常寫著該書的宣傳推介語、所獲獎項、銷量情況、名人的推薦語等等。

「這應該是被偷的書的書腰吧？其他書的書腰全都完好無缺的。」書店老闆說。

小綾細心觀察這條書腰，發現角落上面勾有幾條棉線。

「偷書的人大概是羅勒葉高校的學生吧，大家可以看看這裡，有幾條棉線，棉線的顏色和羅

勒葉高校校褸是一樣的。我估計是因為老闆每次去執拾書本、去洗手間的時間都不長，所以偷書者每次都非常匆忙，才會被書腰勾到校褸的棉線。」小綾推斷。

「嗯！那我們現在就去羅勒葉高校抓人？」會長說。

「等一下啦，羅勒葉高校學生那麼多。」智文提醒會長。

「老闆，你回想一下，最近有沒有可疑的羅勒葉高校學生，明明不買書也不看書，但卻連續來到書店裡？」小綾問。

「我好像有點印象，但我又記不清楚了，因為平日總有人喜歡過來看看封面，不看書也不買書，純粹打發時間。」書店老闆回想道。

　　這時候，一個羅勒葉高校的學生推開大門，搖響風鈴，然後走進店內，親切地和老闆打招呼；這個羅勒葉高校的學生頭髮有一點點長，但卻又不及肩，明明一副不良少年的樣子，但卻又架著一副黑框眼鏡，感覺有點矛盾。

　　「阿煩，你好。」書店老闆向這個羅勒葉高校的學生打招呼。

　　「咦？是聖迷迭香書院學生會的……」那個叫阿煩的學生指著會長，卻沒法說

下去，大概是因為他無法分辨那是會長還是副會長的緣故吧。

「你好，我是林紫晴，是聖迷迭香書院學生會的會長。」會長看穿他猶豫的原因，搶先一步報上名字。

「我叫**陳非凡**，是**羅勒葉高校學生會副會長**，大家都叫我做『阿煩』的，之前好像和你或是你妹妹有過一面之緣。」

「羅勒葉高校學生會是打算接手調查這宗案件嗎？那可不行啊，這已經是我們的案件了。」會長以一個凌厲的眼神看向阿煩。

「甚麼案件？」阿煩露出一臉不解的表情。

「別誤會，我只找了你們幫忙啦，阿煩是我店裡的熟客，每星期他總有幾天會來的。」書店

老闆說。

　　會長對智文使了個眼色，智文立刻會意，對阿煩介紹了自己和小綾，還有簡略地說了一下老闆被偷書的事，阿煩聽完後點了點頭，開始思考。

　　「我有點頭緒……」阿煩摸著自己的下巴，然後轉過頭，對著書店老闆說：「你記不記得，有一個個子很小，說話總是沒神沒氣的人，那天呆呆的站在暢銷書籍展示架那邊。」

　　「我記起了，是一個很瘦的小伙子，我在洗手間出來之後，他就走了，然後就有三本《飢餓遊戲》被偷了。」

　　「那應該就是這個瘦小子偷書的；不過我不理解他的動機。首先，他本來就不喜歡看書，為甚麼要偷書呢？第二，他可以入讀羅勒葉高校，

要買五套三本的《飢餓遊戲》，一定買得起吧，根本不用偷的；第三，如果真的要偷書，到那邊樓高共三層，每層都有幾十個書架的大書店『三中書局』去的話，被我們抓到的機會明明較少呀！」小綾的思考開關啟動，連珠炮發地說。

「你怎麼知道他不喜歡看書？」阿煩說。

「很簡單，如果要偷書，這書店只有老闆一人看店，到後面分類書架偷書的話，比起在當眼處的暢銷書籍展示架偷要簡單得多了；但因為這個瘦小子平時不會買書，也不會看書，所以他根本不知道後面的分類書架也有這套書。放在『翻譯小說』那一欄的《飢餓遊戲》沒有被偷就是證明。」小綾再次連珠炮發地說。

「的確，而且為甚麼會是《飢餓遊戲》呢？那

不是這裡最值錢的書，也不是位於最容易得手的

位置。」阿煩提出問題。

「**這就是另一個問題了。**」小綾

輕托下巴，認真思考起來。

第 3 章
商業區的黑市

「等等，我們一個一個問題來，首先我想知道他要偷書的原因。可以在羅勒葉高校就讀的學生，一定不會買不起五套《飢餓遊戲》吧？」會長把問題先引回正軌。

「會買不起呀！當然會買不起啦！」阿煩的反應非常大。

「怎麼可能？能入讀我們兩校的學生，家族在社會上都會有一定地位，經濟上也有一定基礎，否則，就是像小綾這種萬中選一的天才，會有全額的獎學金。」會長把雙眼睜得大大的，露出一副難以置信的表情。

「不是家境的問題啦，我們羅勒葉高校的學生，在這商業區買東西用的是學分啦。」阿煩連忙解釋，還從袋中拿出自己的銀包，裡面夾著一張又一張的學分券。

「學分？學分券？」小綾問。

「對，學校每個月都會發放學分券給我們，然後我們在商業區只能用學分券購物。」阿煩解釋。

「即是每個人的購買力都是一樣？」小綾再追問。

「不是啦，學分會以每星期測驗的總排名來分配，我們高校沒有考試，但每星期五都有測驗，用來決定星期日可以拿到的學分數。」阿煩回答。

「那麼最少會分配到多少學分？」小綾覺得這個系統很有趣，所以繼續發問。

「最低分的學生會連三餐溫飽都成問題，所以他們一定要努力在下週的測驗拿到更多的學分。」阿煩解說。

「我不明白，你們本來就有錢吧，你們拿錢出來，商業區的老闆們自然就會收了，不是嗎？」小綾提出合理的質問。

「小綾你是新生吧？所以不知道商業區的規矩。在這裡不是任何人都可以來做生意的，一定要得到兩校校方的批准，只要任何一校反對，那家店就會立刻被趕出去。」阿煩說。

「所以如果被發現店家收取你們學分券以外的東西，就會被趕走？」

「當然了，店家們可以從我們校方那邊把學分券換回做錢。」

　　「即是説，這個商業區中，一定會存在著可以把錢換成學分券，又或是把任何東西換成學分券的黑市了？」小綾托著自己的左邊臉腮説。

　　「你怎麼知道的？」阿煩驚訝地反問。

　　「這很自然呀，大家明明家境不錯，錢方面是充裕的，但卻不可以在商業區隨便消費；不夠學分的人如果出現三餐不夠溫飽的問題，為了吃飯，他們一定會用高價從其他人手上買學分券的，久而久之，就會有黑市的存在。」小綾冷靜地分析。

「那你們學生會一直以來是怎樣處置這些黑市的？」會長突然插嘴。

「那些是潛伏在商業區的不法商人，學校找到他們的話，一定會把他們趕走。」阿煩無奈地答。

「趕走沒用，本來就叫黑市嘛，一定是偷偷摸摸的。而且即使趕走了，只要有利益，就會有人聚集，一切都是你們那個病態的學分制度引致的。」小綾說。

「我沒法反對你的說話，但經你這麼一說，我已經知道那個瘦小子偷書賊是誰了，應該就是之前幾星期都連續考車尾的那個人吧，他有某種原因想要這幾套書，但又沒學分去買。」阿煩斷定。

「剛才我已經說過他不看書的，而且，他整整偷了五套，所以一定不是他自己想要的；還有，

如果要拿去換學分，他直接用錢換不是更快捷嗎？」小綾提出疑點。

「這個我們羅勒葉高校會自己處理，反正現在疑犯已經鎖定了，不是嗎？羅勒葉高校的學生就交給羅勒葉高校的學生會吧，好嗎？」阿煩說。

「我們聖迷迭香書院學生會要管甚麼不要管甚麼，都是我說了算的。」會長舉高右手，然後說：「小綾，你認為呢？你覺得可以交給他們嗎？」

的而且確，會長最擅長的，就是作出正確的決定。

「會長，先等等，我還有問題要問阿煩。」小綾用手按住了會長的右手，然後轉向阿煩，問：「我猜這種黑市要運作成功，一定有一個大型的地下組織，你可以帶我去看看嗎？」

「怎可能有大型的地下組織呢？就算有，也早就被兩校的管理層給揪出來趕走了。」阿煩連忙搖手否認。

「是這樣嗎？」小綾一邊問，一邊露出了一個胸有成竹的微笑，然後轉回去對會長說：「既然阿煩不打算帶我們去參觀那個地下組織，那我們只好繼續追查這個偷書賊了。」

「對啊，畢竟接到委託的，是我們聖迷迭香書院學生會啊！」會長臉上帶著一個勝利的表情。

會長說完之後，拿出了自己的手提電話，按了兩個鍵，電話就撥了出去。

「阿辰嗎？你快點過來商業區的『陋室書屋』，還有，帶上你們的一個學生，他應該是連續幾星期都考車尾的人，一個瘦小子，你幫我找他出來，

再帶過來。」會長連續地在電話上對阿辰發出指示，一點不客氣。

　　阿辰不知道在電話上回答了甚麼，但從會長的表情上可以看出，他沒有立刻答應。

我不理你有甚麼困難，你過來就是了！順帶一提，小綾也在這裡啊，如果你可以把人帶來的話，她會很感謝你的。

　　會長一邊說，一邊嘴角向上揚。

　　這次會長很快就掛掉了電話，大概是阿辰答

應了她吧。

「我們在這邊等一等吧，阿辰十五分鐘內會到。」會長找了一個位子坐了下來，雖然會長很想讓智文在這裡給她泡茶，但牆上那手繪的「不准飲食」標誌打消了她的念頭。

「好吧，我們等阿辰來到後再決定吧。」阿煩無奈地說，然後走到哲學類書架那邊打發時間。

會長在暢銷書籍展示架中拿了本翻譯小說來看，智文跟在後面，而小綾則走到科學類的書架看看有甚麼好東西，書店老闆見大家都停止了討論，也只能靜靜地坐回收銀台。

時間就這樣過了十幾分鐘，阿辰帶著一個瘦小的羅勒葉高校學生，二人氣喘吁吁的跑到書店門口，一下子把門推開，在風鈴發出讓人煩躁、

急速的鈴聲同時，二人走到書店內。

「紫晴，我來了。」阿辰進到店內，見到會長和智文，於是直接和會長搭話。

「嗯，來了就好，這就是犯人？」會長用凌厲的眼光掃向那個瘦小子，讓他心中不寒而慄。

「沒錯。小綾呢？小綾在哪裡？是她識破誰是犯人的嗎？」阿辰連續問會長幾個問題。

「阿辰，這應該不是重點吧。」從哲學類書架後面走出來的阿煩搶先回答阿辰。

「對了，小綾呢？」會長也加入詢問。

「我在這，你就是偷書賊嗎？你在這裡合共偷走了五套《飢餓遊戲》，對吧？」小綾這時也放下了手中的書本，從科學類書架那邊走了出來，直接指著瘦小子問。

阿辰搶在瘦小子開口前回答，但因為見到小

綾，不禁緊張起來，說話變得語無倫次。

「我也不想的，但我沒有選擇，我的學分只夠

每天買一個麵包，根本不夠吃。」瘦小子這樣説，等於承認了他是偷書賊。

「你把書拿去換學分了？這樣幾本書換不了多少吧？直接用錢換不是更簡單嗎？」小綾質疑。

「我家人知道我測驗成績不好，不再給我零用錢了，我再也沒有錢可以換學分；就在這時，有個穿著連帽衞衣，戴著口罩的男人用高價的學分跟我換，他還指定要這個系列。」瘦小子苦著臉説。

「所以是那個口罩男委託你去偷的？」

「對，我只是為了吃飽飯，餓著肚子根本沒法學習，繼續這樣下星期又會吊車尾，之後肚子又只會更餓。」

「那根本是一個惡性循環。」會長看著這瘦小子的目光開始有點改變，變得沒那麼凌厲了。

第 4 章
麵包店被襲擊

「阿辰、阿煩，你們知道口罩男是誰嗎？」小綾轉身過去問羅勒葉高校的學生會二人組。

「我……我會幫你找他出來的！」阿辰不知道答案，但他有決心他一定可以找到他的；相反，站在他旁邊的阿煩就只是搖了搖頭，表示不知情。

「你根本毫無頭緒吧！」會長哪會放過這個好機會，立刻拆穿阿辰。

「不要緊，我也毫無頭緒。那個口罩男是誰呢？為甚麼要委託瘦小子偷書呢？會是羅勒葉高校的學生嗎？還是黑市的成員？」小綾一口氣問了四個問題，在場的所有人包括會長、智文、阿

辰、阿煩、瘦小子和書店老闆，沒一個人能回答。

「只是資料不夠吧，我們回去再想想。」會長安慰小綾。

「對，對，我會好好看管這瘦小子，如果口罩男來找他，我就可以捉住口罩男了。」阿辰說。

「有你看管著的話，口罩男哪會出現呢？」小綾反問。

阿辰一時語塞，滿臉通紅，一直想幫助小綾的他，卻總是在踫壁。

「阿辰，你和他們二人回去吧，你們要負責好好賠償老闆的損失。」會長用命令的口吻對阿辰說話。

「我們羅勒葉高校會好好解決這件事的，不用你操心！」阿煩對會長的語氣有點不爽，所以說話

稍為帶刺。

　　「拜託了。」小綾還在思考口罩男的事，對於賠償甚麼的，一點興趣都沒有。

知⋯⋯知道⋯⋯我們羅勒葉高校一定會好好解決這件事的，不用擔心。

　　阿辰目不轉睛地看著小綾，然後用誠懇的語氣說了和阿煩差不多的對白，不過意思完全不同就是了。

　　「知道就回去吧；小綾、智文，我們也走了；老闆，賠償和處置小偷的事我們就交給羅勒葉高校方面了，再見。」會長發出命令後，也不理所有人的回應，就自己推門離開了書店。

　　小綾和智文連忙和眾人道別，跟著會長離開，三人走在商業區的大街上。

　　「小綾，今天我們到你家吃晚飯吧？」會長提議。原來不經不覺間，已經是下午六時了，黃昏的太陽把天上的雲染成了橙紅色，街燈嘗試與稍為暗下來的天色一較高下，但卻總是無功而返。

　　「好啊，那我先傳訊息給小艾，讓她多煮兩個

人的飯菜。」小綾沒有猶豫。首先，會長的提議在這個校園內是無人可以拒絕的，而且，小綾也不介意會長來自己的宿舍。

「吃完飯後，我們再好好想想要怎麼調查口罩人和黑市的問題吧。」會長語氣溫柔地說，她知道小綾很在意這件事，小綾一直都是秒速解決案件，簡單識破機關，但這次未知的事情太多了，會長知道要給小綾更多的支持和時間。

一行三人走到了小綾的宿舍，全額獎學金學生的宿舍是一間兩層的獨立屋，連同一個小小的花園和車庫，入面只住了管家小艾和小綾兩個人，小艾會照顧小綾的起居飲食，同時亦算是小綾的臨時監護人。

門口的機器掃描小綾的臉孔後，大門自動打

開，三人一起踏進宿舍內。

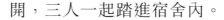

你回來了？

小艾連忙出來迎接，穿著黑白色女僕裝的小艾年紀輕輕，可能只是比會長年長五年左右。

「對啊，小艾，我回來了，還有會長跟智文也在。」小綾回答，看來她早已習慣了宿舍生活了。

「會長、智文，你們好，我叫艾尼嘉，是這座宿舍的舍監

及管家。」小艾對會長和智文行禮，然後有禮地
説。

之後會長、智文和小綾三人走進飯廳，而小
艾則回到廚房繼續準備晚餐，今天的晚餐是日式
的，前菜關東煮和刺身，主菜是和牛壽喜燒，而
甜品則是水玄餅，全部都是由小艾煮的。

正當小艾打算為三人遞上刺身的時候，門鈴
響了。

「是紫語吧，應該有事發生了，所以她才來這
邊找我。」會長氣定神閒地説。

「我知道，我真的知道，是『心靈相通』吧！」
小綾沒好氣地説。

學生會中，除了小綾之外，每個人都説自己
有超能力，會長和副會長是「**心靈相通**」，智

文是「**過目不忘**」，晶晶是「**讀心術**」，盈盈是「**預知未來**」。

但其實小綾知道那只是她們之間的小把戲罷了，所謂的「超能力」全都經不起實驗的認證，但見她們玩得開心，小綾也就不再不識趣的硬要拆穿她們。

「對啊，是『心靈相通』，你快點去開門吧。」會長笑著說。

「小艾，讓我去開門吧。」小綾站起來，揚手示意小艾不用去玄關。

大門打開，門外的果然是副會長，還有一種令人不安的氣氛。

「副會長，快進來。」小綾焦急地說。

「怎麼了？」副會長連忙進屋內，小綾關上了

大門，然後一起走

回飯廳內。

　　「你好像被跟蹤了。」小綾輕

聲地說。

「不會吧，我感覺不到啊。」副會長答。

「我也不清楚，只是我有種很強烈的感覺，有人正在跟著你。」

「我已經進屋了，應該安全，你就不用擔心啦。」副會長拍了一拍小綾的肩膊，然後說。

「紫語，發生了甚麼事，快說來聽聽。」會長插嘴，她也急於證明自己的「超能力」沒有出錯。

「對，發生大事了，商業區的麵包店被襲擊，而且應該和早上偷書的案件有關。」副會長不慌不忙地說。

聽到襲擊這麼嚴重的字眼，小綾一行人連飯也不吃，便急急跟著副會長趕到商業區的小型麵包店「日昇麵包屋」去。

「日昇麵包屋」店面不大，大約只有四分一個

籃球場的大小，有三排的麵包架，分別會擺賣不同類型的麵包。

到達現場後，小綾第一眼看到的，就是三本一排，總共五排的《飢餓遊戲》，而其中一本《自由幻夢》是沒有書腰的，基本上可以確定，這十五本書就是從書店老闆那邊偷來的。

三排麵包架上所有麵包都已經被搶劫一空，一個也沒有剩下來。出口旁邊的收銀台上放著一部古舊的卡式錄音機，錄音機正在播放著德文的歌劇，由於卡式錄音機的音質會比較差，某些位還有些卡住窒窒的，實在說不上動聽。

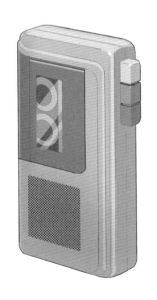

　　而麵包店老闆則被綁在椅子上，用布搗著嘴巴，被逼聽著德文歌劇。小綾她們是第一批趕到的人，一切都好像剛剛發生完不久似的，令人感覺十分不安。

　　「會長，我們是不是要報警？」小綾問。

　　「離這裡最近的警局車程要兩小時，這個商業區內是沒有警察的，一直以來所有事件都會交給兩校學生會還有校方來解決。老實説，創校以來，從來也沒有發生過任何兩校學生會解決不了的事件。」會長鎮定地説。

　　「那即是説即使發生綁架、甚至謀殺，都要由學生會來解決？」小綾覺得難以置信。

　　「對，我們學生會就是有處理所有問題的能力。」會長用更肯定的語氣説。

地上的密碼

　　就在會長和小綾談話時，智文已經鬆綁了麵包店老闆。麵包店老闆重獲自由，稍稍向會長行了一個禮，就坐下來休息。

　　「對了，副會長，你是怎麼知道麵包店被襲擊的？」小綾問。

　　「下午六時十五分左右，有一個學生打電話到學生會室，那個學生說她本來打算買麵包作晚餐，但發現麵包店被襲擊了。」副會長答。

　　「幸好那位同學有通知你們，否則我不知還要聽多久華格納的歌劇。」麵包店老闆驚魂稍定，接著說。

「老闆，可以麻煩你説一下事情的經過嗎？」
小綾問老闆。

「好的，大約五時四十五分左右吧，有一個穿
著連帽衛衣，戴著口罩的男人拿著一個大布袋進
到店來，一進來，就用一把生果刀指著我。」老闆
説。

「穿著連帽衞衣，戴著口罩的人！」智文和會長異口同聲喊出來。

「對，那個男人一邊用刀指著我，一邊說『對不起，請你給我麵包，不過我沒有錢。』那時我就覺得很奇怪，一個劫匪，怎麼會又說『請』又說『對不起』，而且他要的不是學分券，也不是錢，竟然是要搶劫最難帶走的麵包。」老闆繼續說。

「因為他的目的不是麵包，而是其他東西吧。」小綾說。

「甚麼？小綾你已經知道答案了嗎？好厲害！」會長讚歎。

「不是啦，我只是猜到一點，資訊還遠遠不夠。老闆，請你繼續說。」

「於是我就跟他說：『麵包可以隨便拿，你沒

錢的話，我送給你。』但是他拒絕了，他說他不要我的施捨，還從布袋裡拿出了這部卡式錄音機，再說：『這樣吧，我用華格納的歌劇來交換你的麵包，好不好？』。」

「當時我是拒絕的，但他見我拒絕後，二話不說就撲上來，把我按倒在地上，我來不及反應，一下子就被他壓在地上，動彈不得。」

老闆說完，看了看自己手腕上因為被綁住而形成的繩紋。老闆年紀不小，應該都快六十歲了，看來那個口罩男應該正值壯年，才可以這樣毫不費勁地把老闆壓在地上。

「之後他就把你綁在椅子上？」小綾問。

「對，他接下來就打開卡式錄音機，開始播華格納的歌劇，老實說，如果不是他事先說出來，

我根本不知道這些音樂是在唱甚麼。他還説只有綁著我，才可以確保我會一直的在聽。然後他就從布袋中拿出了這一堆書本，把書本鋪在地上後，就用空出來的布袋把所有麵包都帶走了。」老闆説。

「為甚麼要這樣做呢？這完全不合邏輯，首先，根本沒有搶劫的理由；其次，要搶的話，搶現金和學分券就好了，不用搶麵包；第三，搶麵包的口罩男是為了表明身份才把這十五本書放在這兒的。簡單來説，這絕對不是一件單純的搶劫事件，口罩男一定另有動機，如果猜不中他的動機的話，根本沒可能抓得到他。」小綾對眾人解釋。

「小綾快來看！這些書本下面有些數字。」副

會長拿開其中一本書，說。

「是甚麼數字？」小綾立刻衝到書本旁邊。

拿開書本後，每本書下面都用粉筆寫著一個七位數字，三本書一行，一共五行，合共就有十五個七位數字，他們分別是：

0190514　　0361201　　1771004

1100101　　1050718　　1201419

0230402　　0730313　　0930402

0740222　　0121107　　0720102

0450602　　0450431　　1530514

「是電話號碼嗎？還是經緯度？還是提款密碼？這又和搶麵包店和偷書有甚麼關係 ？」會長看著小綾，希望她可以作出解答。

「不知道，訊息太少了，如果每串數字應該代表一個字，那就是一句十五個字的句子；如果每個數字是一個地圖碼，那就是十五個地點。」小綾搖著頭，表示還沒法知道數字的意義。

「連小綾都不知道的話，就肯定是資訊不足吧。」會長嘆了口氣。

「等等，那可能是替代密碼，替代密碼的話，會有解碼表，15 組數字開頭不是『0』就是『1』，所以可以推算有兩張解碼表存在，然後後面的六個數字是解碼表上的座標。」小綾一邊說，一邊拿起其中一本《飢餓遊戲》，翻查入面有沒有夾著或者寫上解碼表，但沒有發現。

會長、副會長和智文也跟著做，但也找不到任何類似解碼表的東西。

「沒有解碼表嗎？即是未必是替代密碼吧。」小綾再次陷入沉思。

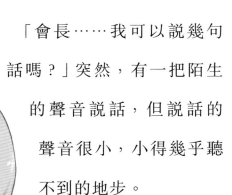

第 6 章
文學少女思昀

「會長……我可以說幾句話嗎?」突然,有一把陌生的聲音說話,但說話的聲音很小,小得幾乎聽不到的地步。

「是思昀嗎?原來你在?」會長驚喜問。

對,我是跟著副會長一起去小綾家的。

那把陌生的聲音輕輕的說，這時候聲音的主人由副會長背後走出來，是一個典型的文靜少女，束著兩條長長的辮子，身材中等，長裙的顏色是藍白色的，那種藍是荷蘭著名的代爾夫特藍，她穿起來非常有仙氣。

「小綾你沒見過**思昀**吧，她是我們學生會的**福利**，但她的超能力是『隱形』，所以除非她要找你，否則你是找不到她的。」會長作出正式介紹。

「所以剛才副會長來我家時，讓我感到副會長被跟蹤的人就是你嗎？」小綾問。

「我不知道，我只是一直跟在副會長後面啦。」思昀說。

「那可是貨真價實的『隱形』能力啊，小綾。」

會長笑著說。

「對了，思昀，你剛才說你有話想說？」小綾這個時刻不想和會長談超能力的話題，所以直接轉向思昀問。

「嗯，你們全都沒有發現，這根本就是村上春樹的《襲擊麵包店》呀！」思昀稍微提高了音量。

「村上春樹，我知道，是日本一個非常有名的作家，銷量高，而且文學價值也受到相當的肯定。」小綾說。

「那你沒看過《襲擊麵包店》嗎？」思昀問。

「沒看過，我只看過《挪威的森林》而已，文學是我相當不擅長的。」小綾答。

「那樣很可惜啊，雖然《挪威的森林》是村上的成名作，但無論是第一本出版的《聽風的歌》，

一直到最近出版的《刺殺騎士團》，都非常好看，村上那種讓人感到像在幾百米深的井中尋思的筆跡，會讓人一直一直地看下去；當然，整個《發條鳥年代記》系列也是非常的讚；還有還有，如果時間不多的話，我推薦你看短篇集《遇上 100% 的女孩》，看完後你一定會愛上村上春樹的。」思昀是那種一旦說到她喜歡的東西，就會一發不可收拾的類型。

「所以，可以告訴我《襲擊麵包店》和這個事件的關係嗎？」小綾說，也許是相容性的問題吧，小綾沒有特別喜歡文學，如果看書的話，她比較喜歡看各種不同的學術著作，歷史書、科學書、哲學書也可以。

「《襲擊麵包店》是村上早期的作品，刊登在

1981 年 10 月號的《早稻田文學》期刊，本來並沒有正式的中譯版本，直到近年才因為村上和德國插畫家 Ken Menschik 合作，重新推出插畫版，我

們這些中文讀者才有機會看到。中文版在 2013 年出版，由張致斌翻譯。村上春樹的書嘛，台灣繁體中文版長篇多是由賴明珠翻譯，而短篇集呢，就是張致斌了。」這個文學少女就像開播了的電台一樣，沒法子停下來。

「等等，等等，我想知道《襲擊麵包店》和這個事件的關係，你只說重點就可以了。」小綾聽得有點不耐煩，因為不知不覺間，思昀又把話題扯到其他書本上了。

「對，我又離題了。《襲擊麵包店》故事講述一對非常飢餓的年青人，拿著生果刀和菜刀，去麵包店搶麵包，麵包店老闆本來打算把麵包送給他們，但他們不願意接受施捨，最後他們達成協議，只要年輕人好好地坐在店裡聽華格納的歌劇，

就可以讓他們拿走麵包。這是一個很神奇的故事，整篇充滿了存在主義的思想。」思昀又再連珠炮發的說。

「你的意思是口罩男是這個故事的模仿犯？」小綾好像搞懂了甚麼。

「對，他根本就想重演這個故事，但是老闆不太合作，所以才要把他綁起來吧。」思昀說。

「怎麼？這是怪責我嗎？」麵包店老闆忍不住出聲反駁。

「老闆，不是不是，這孩子是個書呆子，不太懂得措詞。」副會長連忙出來打圓場。

「這個故事的結局是怎樣？」小綾問。

「主角二人聽完《崔斯坦與伊索德》之後，就離開了麵包店。」思昀答。

「就這樣？」小綾難以置信地問。

「就這樣，小說的重點從來都不是結局發展成怎樣，中間所傳遞的文學涵養才是重點啦！」思昀答。

「但如果口罩男是模仿犯的話，結局這麼平淡，我們便沒法知道他下一步會怎樣做了。」小綾失望地說。

「這又不然，《襲擊麵包店》出版後的幾年，即是 1985 年，村上在另一本期刊《美麗佳人》中刊登了《襲擊麵包店》的後日談。」思昀舉起了一隻手指，說。

「後日談？即是續集吧？」小綾問。

「中間還是有微妙的分別啦，總之，《襲擊麵包店》的主角長大了，而且結了婚，在一個晚上，

他和他的妻子突然被飢餓感侵襲，但找遍了全屋，
都找不到任何可以填飽肚子的物品。

「之後主角不經意地提到少年時襲擊麵包店的
事件，妻子覺得這是一種類似詛咒的東西，他們
必須要再一次搶劫麵包店，才能解除詛咒，消除
那種絕望的飢餓感。

「但那時已經是晚上兩點了，沒有麵包店還開
著，最後他們選擇了搶劫廿四小時營業的麥當勞。

「這就是《襲擊麵包店》的後日談《麵包店再
襲擊》的內容。這個短篇可以看出村上技巧的進
步，妻子和主角的描寫也很到位，那種一直跟隨
著主角的飢餓感和渴求亦讓人不禁看完又看……」
思昀又一次爆發，這種說話方式要交朋友應該不
容易吧。

「**我們商業區也有一家廿四小時營業的麥當勞……**」智文反應很快，在思昀停頓間插嘴，巧妙地阻止她喋喋不休說下去。

「即是説，口罩男的下一個目標是麥當勞，時間是今晚兩點？」會長問。

「對，如果口罩男真的是一個模仿犯的話。」小綾肯定會長的想法。

「那我們今天晚上就去捉住他吧！」會長興奮得跳起來。

「老闆，我們學生會會先負責你的損失，我們捉到搶劫犯後，會向他直接追討賠償，也會確保他受到應有的懲罰。」副會長有條理地對老闆説。

「好吧，那你們也要小心一點，那個口罩男出手可是很乾淨利落的。」老闆説。

埋伏襲擊者

　　會長、副會長、智文、思昀和小綾在一時半左右到達麥當勞對面的一家便利店；這家麥當勞是一座單幢式的建築，大約有二百個座位，分成兩層，地下有五個收銀台和廚房，是很典型的一家麥當勞。

　　「我們在這裡等口罩男出現就好了，不用進麥當勞冒險。」會長發出了謹慎的號令。

　　「對，畢竟根據原著，搶劫麥當勞的主角兩夫婦可是有兩把雷明登霰彈槍的。」思昀用輕鬆的語氣發出了驚人的發言。

　　「這點你怎麼不早說？」會長質問思昀。

「這很重要嗎？只是故事的小枝節吧，而且就像故事裡面妻子對主角說：『你沒有必要開槍啊！只要拿著就好了，不會有人反抗的。』況且到了故事最後，主角和妻子兩把槍都沒有打開過保險栓。」思昀繼續一臉輕鬆地說。

「紫語，你覺得怎樣，需要先聯絡我們家的私人軍隊幫手嗎？」會長轉過頭去問副會長。

「現在尚早吧，而且也不肯定口罩男會不會出現，也不知道他是否真的有槍。」副會長說。

「好，先叫他們在商業區外戒備吧，我也不想引起商業區其他店舖的恐慌。」會長說。

「等等，我們五個人，手無寸鐵的，如果對方有槍我們就會被一網打盡了。」小綾提出自己的擔心。

「我們已經騎虎難下了，以防萬一，我會先叫軍隊派十個人左右在商業區外待命。況且如果我們就這樣回去，你也不會甘心吧，小綾。」會長決定好的事已經沒法改變。

眾人還在談話之間，智文背部突然被一支硬物抵著，智文下意識地舉高雙手，眾人發現口罩男就站在智文後面，他穿著一件連帽衞衣，頭髮很長而且披散在臉上，臉上戴著口罩，單手拿著一支霰彈槍，指著智文的背心。

「對不起，五個人之中，你看起來身手最好，所以只好先制服你了。」口罩男用刻意壓低的聲音說。

「你……你想怎樣？」會長強作鎮定的問。

「我們先出去吧，便利店的店員受驚了。」口

罩男對大家說，由於害怕智文會被傷害，大家只好照他的說話去做。

「你不是要去襲擊麥當勞嗎？為甚麼改來我們這邊了？」小綾一邊問，一邊在思考要怎樣才可以救回智文，還有讓大家都脫離困境。

「『這樣可以嗎？就照我的說的去做，首先，我和你兩個就這樣公然地走進店裡，一等店員說完『歡迎來臨麥當勞』，就立刻戴上滑雪面罩。明白了嗎？』」口罩男一邊說，一邊把一個布袋拋給了思昀，從形狀看，裡面裝的應該就是滑雪面罩和另一支雷明登霰彈槍。

「思昀你不是會『隱形』的嗎？為甚麼還在這裡？」會長氣憤地問。

「『明白是明白了，可是……』」思昀回答，用

的正是村上春樹短篇中的對白，因為剛才口罩男用了短篇中的對白命令她。身為超級文學癡的思昀，忍不住就用了對白回答口罩男，而且思昀簡直好像著了魔一樣，從布袋中拿出了槍和面罩。

同一時間，眾人已經走到了麥當勞門前，在這裡，口罩男用索帶把智文的手腳反綁起來，然後依次地把會長、副會長和小綾的手腳也綁了起來。

「好，在遊戲開始之前，我先來確認一下，你們會給我答覆嗎？」口罩男突然說出一句好像不太相關的話。

「我們還沒有解開那組替代密碼，你再給我多一點時間，我就能解開的了！」小綾知道口罩男的提問是關於地上的密碼，大概那密碼就代表一條

問題，所以口罩男才會現身要求答覆。

「我以為你們出現在這裡，一定是準備好給我答覆的，我實在有點失望啊！『天才推理少女小綾』。嘿嘿，好吧，那我繼續，畢竟，這整個行動也是提示之一啊！」口罩男一邊奸笑，一邊說。

小綾沒法反駁，的確，到了現在還沒有解開那組密碼，小綾也對自己頗為失望。

「『你覺得需要幾個漢堡呢？三十個應該夠了吧？』」口罩男轉向拿著槍，表情像著了魔一樣的思昀。

「『應該吧。』」思昀說：「『真的有必要這麼做嗎？』」

「思昀，醒醒！用你手上的槍打他，然後放了我們。」會長氣急敗壞地說。

思昀沒有理會會長，整個人仍然在一個著了魔一般的狀態。

「『那當然囉！』」口罩男不理會會長的說話，逕自對思昀說，說完後和思昀兩人走進了麥當勞裡面。

「歡迎來臨麥當勞！」三十歲左右的女店員看到二人進店，機械式的說，她沒有發現店門外已經有四人被綁著，動彈不得。

口罩男和思昀戴上滑雪面罩，拿著霰彈槍指著店員。晚上的麥當勞沒有其他顧客，被槍指著的店員受驚大叫，當值的經理和在廚房工作的男生出來一看究竟，但看見兩支霰彈槍後，都自動地舉高雙手，示意投降。

「『外帶三十個麥香堡！』」口罩男對經理說。

　　「麥香堡？」經理不理解，畢竟原著短篇中的「麥香堡」，早就改名叫做「巨無霸」或者「大麥克」了。但口罩男堅持「原汁原味」，挪用小說對白到底。

　　「就是 Big Mac 啦，Big Mac 的意思。」思昀幫忙解說。

　　「不如這樣，我幫你付錢吧。好不好？三十個巨無霸外賣。」經理不想負上被搶的責任，乾脆打算自掏腰包解決。

「『你最好照著他的説話去做！』」思昀用槍指著經理説。

經理無奈地接受，和廚房工作的男生一起到後面開始做起那三十個「麥香堡」，等了好一陣子，終於做好了，店員小心地用紙袋裝好三十個「麥香堡」，遞了給口罩男。

「我另外要六杯大可樂，這裡是可樂的錢。『除了麵包以外，我們甚麼也不搶。』」口罩男説完，在櫃台上放下了錢，之後把裝著漢堡的紙袋放進了布袋裡。

拿著漢堡和可樂，口罩男和思昀步出麥當勞外面，口罩男把東西都放在小綾身邊，然後拿著霰彈槍自己走到對面的小巷中。

之後小巷中駛出一輛左右和後面窗子全被鋁

箔紙密封的客貨車，口罩男利落地把漢堡、可樂、小綾、會長、副會長、智文、甚至思昀都塞進了貨車的載貨處。當然，做事利落的口罩男並不會忘記把思昀的手腳也用索帶反綁好。

　　之後口罩男就全速把客貨車駛離現場。

　　由於客貨車的載貨處基本上完全被鋁箔紙密封，五個人、三十個漢堡和六杯汽水一起被困在這個伸手不見五指的空間內。

　　期間會長破聲大罵，但口罩男一概沒有回應，在車內顛簸了大約一小時後，客貨車終於停了下來，而載貨處的大門也被口罩男緩緩地打開，眾人終於重見光明。

　　口罩男把五人逐一抬出車外，之後把藏著三十個漢堡的布袋，還有那六杯外帶汽水也搬了出來。

　　眾人身處的地方是一個僅夠放一輛客貨車的

小型車庫，車庫外的大閘已經鎖上，窗戶也從外面封好，眾人完全無法得知車庫究竟位於哪裡。

車庫只有一道讓車通過的大閘，還有一道讓人進出的門。門旁邊是一張木工桌，木工桌上面有一個工具箱，木工桌旁邊則是一部半自動的舊式洗衣機。

口罩男沒有把他們任何一人鬆綁，反而自顧自的開始把漢堡由布袋裡拿出來，把所有東西都拿出來後，口罩男自己拿起一個漢堡，打開了包裝，在眾人前面津津有味咬了一口。

「你們就留在這裡吧，直到你們能夠給我答覆為止。」口罩男把漢堡吞了下去，然後說。

「等等，你要走嗎？那我們有答覆怎麼告訴你？」小綾反駁。

「我在這裡裝了閉路電視和偷聽器，你們大聲叫我就知道了。這裡有二十九個漢堡包和五杯汽水，你們自己算算看還有多少時間可以答覆我吧。」口罩男說完，大口吸了一口汽水。

「你把要求說給我們聽，那我立刻就可以給你答覆。」會長雖然手腳都被反綁，但氣勢還是非常厲害。

「我覺得提示已經足夠了，對不對？『天才推理少女小綾』？」口罩男說完，從車庫唯一的門離開，並且把車庫從外反鎖。

等了大約五分鐘，智文確認口罩男沒有要回來的意思，就站起來，跳到木工桌旁邊，用被綁在後面的雙手打開了木工桌上的工具箱。

「會長，來，我幫你剪斷索帶。」智文低聲地

說，這時她被綁在後面的雙手已經拿著一把剪刀。

　　會長嘗試站起來，但沒有雙手可以按地，雙腳也被綁起無法發力，要站起來真的頗有難度，會長這時才發現剛才智文一下子就能站起來這件事真的毫不簡單。

「我站不起來。」會長滿臉通紅地說。

「你坐著，然後慢慢挪過來。」智文跳到會長背後，坐了下來，嘗試用剪刀對準會長手腕上的索帶。

接下來，智文清脆利落地剪開會長手腕上的索帶，而會長則接過剪刀，把自己的腳也鬆綁，再回去讓智文重獲了自由。

智文被鬆綁後，拿起剪刀逐一解救了眾人，被救的眾人毫無頭緒，目光一起看著坐在地上伸展麻痺雙腿的會長。

「紫語，試試聯絡家裡的私人軍隊來救我們。」會長那個「們」字還沒說完，副會長已經解鎖了電話。

「沒有訊號。」副會長搖頭。

「即是説我們可能在發射站的圈外，或者是這座建築用某種東西把電話訊號隔絕了。」小綾簡單地分析説。

「那麼，我們現在兵分兩路吧，小綾你專心思考那組替代密碼的意思，其他人跟我一起，找找看有沒有方法聯絡外面或者逃出去，至少要找出閉路電視的位置。」會長點了點頭，總結情況並下達命令。

眾人接獲會長的命令後，立刻行動，學生會在這一點上是完全不會有任何猶豫的。

「思昀，你過來，剛才發生甚麼事了？為甚麼你會跟口罩男一起行動？」會長一邊檢查車庫的牆壁，一邊問。會長其實也沒有怪責思昀的意思，也完全信任思昀，只是想知道原因罷了。

「是催眠術吧。」小綾一邊看著智文一早為她準備好的密碼小抄，一邊插嘴。

「小綾你要專心解開密碼啦！」會長説。

「這樣思考一下其他事情，反而更容易突破盲點啦。所謂的催眠，通常要靠不斷的暗示，讓受者慢慢以為那就是心中所想。思昀的情況比較特別，因為她看書看超多，而且劇情對白全都記得，所以當口罩男對她發出她就是書中主角這個暗示時，她就立刻上釣了。」小綾説。

「那一刻我就好像著了魔一樣，一直在演《麵包店再襲擊》的女主角。」思昀懊惱地説。

「這也沒法子吧，這可是專為你而設計的催眠方法，用在其他人身上都沒用呢。」小綾説。

「對啊，我完全相信你，思昀，畢竟我們都一

起經歷過這麼多事，我知道你一定是站在我們這邊的。現在我們要一起去解決面前的困境。」會長用肯定的語氣說。

「**紫晴，你快來看，洗衣機下面好像有道暗門**。」副會長打斷眾人的談話，蹲在洗衣機旁邊說。

「這道暗門，還真明顯，就好像放在這裡等著我們發現似的。」會長走到洗衣機旁，看著那些突出來的門縫，然後說。

「會不會是陷阱？」副會長說。

「是不是陷阱，要先打開門才知道啦。」智文一邊說，一邊開始動手移開洗衣機。

移開洗衣機後，見到一個大約一米平方的暗門，就像會長所說的，這「暗門」未免也太明顯

了，甚至還附有門把。

　　智文拉著門把將門打開，暗門下面是一個方形的「井」，有一條向下的梯子，下面漆黑一片，不知道有多深，也不知道底部有甚麼。

　　「這種黑暗的井經常在村上的小說出現，就好像較早期的《發條鳥年代記》，直到最新出版的《刺殺騎士團長》也有這種完全黑暗的井，主角通常會被困在下面，每個讀者都會對這種井有著不同的體驗，你可以視

他們為經驗的沉澱，也可以視他們為改變的契機，『井』這種東西，在梅洛‧龐蒂的《知覺現象學》中被描述為人『內在於世界』的這種內在性。」思昀又好像開關被打開一樣說個不停。

「我先下去看看。」智文拿起手機，打開手電筒模式，再爬進那個「井」入面。

大約爬了十幾秒左右，智文就踏到地面了，地面相當乾爽，可以肯定這並不是一個水井，智文用手機照亮周圍，發現這梯子通向的地方，明顯就是一座小型的圖書館，地方不太大，只有一間課室左右的大小。

智文在牆邊找到了一個電燈開關，打開後，這家位於地底的小型圖書館的光線相當充足，圖書館內有一張可坐最多六人的閱讀桌，其他地方

則滿滿是可移動式書架，藏書量相當豐富。

「這下面是一間小型圖書館。」智文爬回車庫中，向各人報告。

「圖書館？」思昀問完，還沒有等待智文答她，就興奮地爬了下去。

「會長，我也下去，看看有沒有甚麼提示。」小綾說，這時她心中已經猜到了一點端倪，她需要親身看看這個圖書館，來證實自己的猜測。

　　眾人在圖書館開始找尋逃出去的路，但找了一陣子，大家都發現，這間圖書館雖比車庫較為寬敞，但亦只是另一個密封的空間，沒有逃出去的方法。

　　「除了小型的閉路電視鏡頭和咪高鋒之外，這裡就只是一家普通的小型圖書館。」會長總結說。

　　「但為甚麼口罩男要特地把我們運來圖書館囚禁呢？」副會長把頭轉向小綾，因為她明白連她自己都覺得有古怪了，小綾一定會有所發現的。

　　「偷書、照著小說的劇情做模仿犯、綁架我們來圖書館，這三件事最大的共通點，就是『書』，

所以那組替換密碼的解碼表，其實就是書本！開頭的『0』和『1』不是解碼表的編號，頭三個數字是頁數，而且都在 200 頁以下，之後兩個數字是行數，最後兩個數字是字數！」小綾說完，立刻衝到書架面前，找尋翻譯小說。

「所以口罩男才在每個數字上放一本書嗎？」副會長再問。

「我找到了，《飢餓遊戲》第一部，是 0190514 吧？即是第 19 頁，第五行，第 14 個字。是『然』。」智文拿起了一本書，然後說。

「不愧是智文，『過目不忘』；但我不記得其他數字是甚麼啦。」會長說。

於是智文已經快速地拿出了筆和筆記簿，在上面寫出了密碼，並且快速地去書架找來其餘兩

本《飢餓遊戲》，開始解碼。

最後智文的筆記簿上寫下了這樣的筆記：

0190514	0361201	1771004
然	「	佔
1100101	1050718	1201419
「	X	八
0230402	0730313	0930402
櫻	好	得
0740222	0121107	0720102
X	並	，
0450602	0450431	1530514
後	X	X

「這根本狗屁不通嘛，而且那個叉叉是甚麼意思？」會長搖頭説。

「X 就是書本內那一行根本沒有字。」智文答。

「因為解碼表不是這三本書啦，剛才我就説過，作為解碼表的書頁數應該在 200 頁以下。這三本書都有 400 多頁，如果是解碼表的話，數字的第一個位一定有『2』或者『3』的。」小綾説完後又再陷入思考。

「思昀呢？思昀到哪裡了？」會長突然問，説到書本的知識，思昀當然最清楚了，但剛才大家都好像一致忘記了她存在似的。

「思昀，你手上那本是⋯⋯？」小綾在圖書館的角落發現思昀，對她説。

當發現圖書館的時候，思昀就火速地爬下來

了，面對著滿滿都是藏書的小型圖書館，思昀立刻找到她今次的獵物，就是村上春樹和德國插畫家 Ken Menschik 合作推出的插畫版《襲擊麵包店》，找到獵物後，思昀坐在角落靜靜地看書，也沒聽到大家在說甚麼，或許，她這種一看書就躲在一旁渾然忘我的習慣，就是她那『隱形』能力的來源，說穿了，就是存在感比較低而已。

「是《襲擊麵包店》！思昀，可以借我看一下嗎？」小綾拍了

拍思昀的肩膊，然後說。

「嗯！可以啊，我去找另一本來看好了。」思昀把書遞給小綾，然後站起來再到書架上找書，果然，眾人關於密碼的說話思昀一句也沒有聽進去。

拿到那本有著特硬特厚深綠色封面的《襲擊麵包店》，打開翻了一翻後，小綾搖了搖頭，把書本合上。

「這本也不是解碼表，這書只有 77 頁而已。」小綾說：「而且我還有另一個疑問，明明只要襲擊一次麵包店就足夠了，第二次口罩男只需要直接把我們從便利店捉過來就好，為甚麼他還要大費周章重現一次襲擊麥當勞的戲碼呢？」

「這大概是因為口罩男想說明他要重演的，是1999 年出版的舊版本《麵包店再襲擊》，而不是

2013 年出版的插畫版，他那時對我說：『**一等店員說完「歡迎來臨麥當勞」，就立刻戴上滑雪面罩。**』，那是舊版的對白，新版中這句對白改成了：『**等店員說完「歡迎來臨麥當勞」，就以那為訊號戴上滑雪面罩。**』」思昀說。

「那這裡有 1999 年舊版的《麵包店再襲擊》嗎？」小綾問。

「應該有吧，我現在就在找啦。1999 年版本的《麵包店再襲擊》中，還收錄了兩篇我非常喜歡的短篇，分別是《雙胞胎與沉沒的大陸》，還有《發條鳥與星期二的女人們》。」思昀說。

「是這本嗎？」小綾在書架的另一端找到了一本米色封面，時報出版藍小說系列 921 的《麵包店再襲擊》。

　　智文迅速地把書本接過，嘩啦嘩啦地翻起書

來立刻進行解碼的工作。

0190514	0361201	1771004
全	能	的
1100101	1050718	1201419
雙	胞	胎
0230402	0730313	0930402
請	幫	我
0740222	0121107	0720102
改	變	這
0450602	0450431	1530514
世	界	吧

「連標點符號也計算在內，這樣就可以得出一句有意義的句子了。」智文完成後，把筆記簿拿出來給大家看。

「『**全能的雙胞胎請幫我改變這世界吧**』？」會長忍不住把整句句子讀了出來。

「那就是你要我們答你的東西嗎？口罩男！」小綾對著咪高鋒説。

　　「如果是這樣的話，我身為『全能的雙胞胎』的姐姐，我的答覆是『我們不會幫你！』，我們整個學生會，整間學校都不會幫你，無論你想改變的是甚麼都好，『我們不會幫你！』」會長站起來，義正詞嚴地說。

　　然後，整個圖書館陷入了一片沉默，門沒有打開，口罩男那邊也沒有任何回應，學生會的眾人雖然知道自己解開了密碼，但是卻沒有人知道下一步應該要怎辦。

「或者是那口罩男剛巧不在罷了，我們等等吧。」會長說。既然是會長說的，理所當然地，沒有人會不同意。

而且大家都累了，副會長第一個撐不住，最先趴在圖書館的桌子上睡著，而其他人也逐一敵不過睡魔的來襲，或者靠在牆上、或者躺在地上，相繼地進入夢鄉。

小綾是第一個醒來的人，她用自己的手機確認了時間，口罩男襲擊麥當勞的時間是晚上二時，離現在已經過了六個小時。

小綾起來後不久，其他學生會成員也陸續醒

來，大家也發現了，車庫和圖書館在這幾小時間沒有任何的變化。

「外面已經天亮了，口罩男沒可能還未知道我們解開了密碼。」小綾對眾人說。

「那為甚麼他不給我們答覆？」會長說。而同一時間，智文正在幫會長梳頭。

「我想那是因為會長你拒絕了口罩男，如果我是口罩男的話，我會嘗試去獲得其他利益，例如要求會長家人付贖金之類的。」小綾說。

「那我們應該怎辦？」會長問小綾。

小綾沒有答會長，反而拿起智文昨天寫著解碼的筆記簿，在上面寫了些字，然後傳給會長看。小綾這樣做的原因很簡單，這圖書館和車庫中都佈滿了閉路電視和咪高鋒，用寫的就可以確保口

罩男沒法知道她的計劃了。

　　會長看完後把筆記簿傳給大家，大家都看過了筆記簿後，明白了小綾的計劃，立刻分頭行動，她們到不同的書架中找書，最後把六本書用兩個書立立在了其中一張桌子中間，而且確定其中一個閉路電視可以清楚地看到那六本書的書背。

　　那六本書的書背上都有索書號，尾數分別是02-177-78-88-106-153，然後旁邊再放了一張漢堡的包裝紙。

　　之後大約每三個小時，會長都會走到那堆書旁邊，再重申一次學生會拒絕幫助口罩男。

　　「這樣真的有用嗎？」會長問小綾。

　　「一定有用的，但需要一點時間。這樣吧，智文，你可以幫忙管理一下食物和水嗎？我們可能

還要在這裡待好一陣子。」小綾答完會長後，轉過頭去對智文說。

智文一口答應，把那些搶回來的漢堡分成五等分，而且在車庫中的洗衣機那邊找到了水龍頭，用喝完汽水的杯就可以盛水來喝。

會長一邊嘆氣一邊說。

唉，如果可以喝茶就好了，可惜這裡沒有東西可以把水煮開。

「沒法子了，會長，我們就先忍耐一下吧。」
智文說。

時間一天一天的過去，大家電話的電量率先
見底，然後是食物一天一天的變少，到了第四天，
所有漢堡都已經吃完了，大家開始要捱餓。

到了第五天，大家的血糖濃度已經大幅降低，
大腦中負責飢餓反應的下腦丘活動增加。它會發
出訊號給腎上腺分泌出腎上腺素，增加肌肉的血
流量，使大家有力氣去尋找食物。

如果還是找不到食物的話，下腦丘會停止胰
島素的分泌，一方面阻止葡萄糖繼續進到肌肉和
其他器官內，另一方面把它們全數引導到腦部儲
存起來，保護腦部。

當人體依舊沒有得到食物的情況下，下腦丘

會主動採取攻勢，將肌肉裡的蛋白質轉換成胺基酸，並從中取出葡萄糖後送回腦袋。

小綾一邊看著介紹生理學的書籍，一邊等著她的訊息能傳到外邊。

但日子還是一天一天過去，聖迷迭香書院的期中考試週已經過去了，她們已經失蹤了整整七天，但口罩男還是沒有任何動靜。

幸好洗衣機提供了供水位和去水位，除了飲用外，洗臉、洗手等等可以讓大家保持一定程度的衛生，不會因此生病。

就在飢餓把大家折磨得體無完膚的當下，突然，車庫大門那邊傳來了敲擊聲，之後數個穿著城市迷彩軍服的男人破門而入。

晶晶跟在這堆軍人後面，一直在大叫。

會長！副會長！智文！小綾！思昀！你們在嗎？

「不會錯的，她們一定在這裡。」盈盈走在晶晶旁邊，説。

「是盈盈和晶晶嗎？我們在下面！」會長聽到

兩人的呼喚，用有氣無力的聲音回應。

晶晶聽到會長的回應，隨即大叫：「救護員，快點來，她們幾個都非常虛弱了！」

救護員用擔架把她們五人從圖書館中救出來，會長眾人在七日之後，終於離開密室，重見天日。

「對不起，我一直到了今天早上，才弄懂了那個 Big Mac 原來是指 MAC Address，而書背那六個數字要由 10 進位轉換成 16 進位。」盈盈對會長道歉。

「你不用道歉，我也完全不明小綾說甚麼，我只是照做罷了。」會長說。

「前天，口罩男用 Email 寄來了會長的影片，要求學生會付贖金，我們剛開始時也是不知所措的，幸好盈盈發現了那個甚麼 MAC Address，然

後再用電腦不知怎的找到了你們所在。」晶晶説。

「MAC Address 全名是媒體存取控制位址，由六個 16 進位數字組成，02-177-78-88-106-153，就是 02-B1-4E-58-6A-99 的意思，只要有 MAC Address，就可以找到相連的網卡，自然就可以找到實體位置。」盈盈説。

「那些閉路電視上都有寫著自己的 MAC Address，所以我才想到這樣聯絡你。幸好沒有被困的是盈盈你，否則我們被困在這種斷絕通訊的密室內，一定凶多吉少。」小綾虛弱地説。

「大小姐，我們已經搜過這座建築物了，除了你們身處的密室外，所有東西都已經被撤走。」其中一個軍人對會長説。

「嘖！給那個口罩男逃了！」會長不忿地説。

第 II 章
誰是犯人？

　　囚禁事件已經過了一個星期，眾人在商業區的醫院內休養、打點滴之後，身體慢慢回復。會長也在第五天叫軍隊撤離了商業區，只留下幾個保鏢，綁架事件雖然學生會沒有任何損失，但還是在兩間學院中傳得沸沸揚揚。

　　十一月一日，放學時間，天空下著一種看不見雨點的微絲細雨，細雨像粉塵一樣飄揚在空氣中，雖然看不到雨點，但從那一片濕潤的地面上，讓小綾知道雨正確確切切地下著。

　　空氣中的熱力都被那種飄浮在空中的水粉所吸走，衣服覆蓋不到的皮膚被那清涼的雨粉輕

輕的包圍著。這種天氣讓人感覺到尷尬，撐傘的話，又好像小題大做，不撐的話，身體又會被稍稍沾濕。

　　小綾的身體已經回復了，今天是第一天結束病假回到學校。在這些雨粉之中，小綾一步一步地走向學生會室。就在小綾接近大門的瞬間，門從裡面慢慢地打開，打開門的是智文。

　　「歡迎回來。」智文一邊說，一邊用手勢示意小綾進來。

　　小綾坐到學生會室的梳化上，就在她坐下的一瞬間，智文端出了小綾專用的藍白間花紋，鑲著金邊的骨瓷 Royal Albert 杯子，入面倒滿了英式水果茶，茶裡面帶有蘋果香氣，喝起來有著果茶濃郁的酸甜味，加上梨子的清香。

晶晶的 The East India Company 出品銀製石英杯耳茶杯；盈盈的四葉草花紋 Fortnum & Mason 茶杯；會長的白底黑繩紋 Hermes 茶杯；副會長那剛好一對的黑底白繩紋的 Hermes 茶杯都放在茶几上，大家正在享受久違了的下午喝茶時光。

小綾留意到茶几上多了一隻杯子，那是淡米色配上棗紅色暗花 Spode Cranberry 茶杯，小綾打量了那茶杯一陣子。

「嗯，那是思昀的杯子啊，她今天決定不在學生會專用圖書室內喝茶。」智文說。

「原來她一直在裡面看書，難怪在今次事件前我都沒見過她。」小綾說。

「你沒看見她是當然的，她可是有『隱形』這

個超能力啦。」會長得意地説。

「會長，我現在不想談超能力這個話題啦，我們首要的任務是找出口罩男是誰吧？」小綾攤了攤手，説。

「你們在找我嗎？」突然，口罩男從外面打開了學生會室的窗子，然後跳了進來，今天他有戴上帽子了。

「你這叫做『自投羅網』吧！」會長雙

手交叉在胸前，站
起來，用滿是敵
意的聲音回答。

「自投是自投，
但你們要捉住我，才
算羅網啊！可惜的
是，我已經把外面的保
鏢都解決了。」口罩男站
在窗前說。

「那你是來幹甚麼
的？打算暴力襲擊我們學
生會嗎？」會長說。同一時
間，副會長把手伸進口袋
內，用電話嘗試緊急聯絡

保鏢們。

「不是不是，我是想來和你們好好談談。雖然我今次算是輸了，你們不肯幫助我，甚至我連贖金也沒有撈到一點，但是，我要『改變這世界』這件事，卻是千真萬確的。」口罩男站在窗前說。

「通常會說『改變這世界』這種空話的人，不是在說謊，就是過份地天真。」會長反駁。

「我兩者都不是，這兩個校園和商業區實在是太病態了。我逐一說說吧，首先聖迷迭香書院擁有著獨裁的學生會，甚麼事都是學生會說了算，幸好現在的會長，即是你，是一個好人，能力也出眾，但如果萬一有壞心眼的人成為會長，那聖迷迭香書院就會變成地獄了。然後，羅勒葉高校則是擁有一個徹底剝削底層的學分制度，低學分

的同學，連三餐溫飽也會有問題。我打算創立一個組織，去改變這兩間學校的制度，去讓所有人可以更公平地享受校園生活。」口罩男開始發表他的演說。

「等等，我不明白。要說這些的話，你一開始拿著你的雷明登霰彈槍衝進來學生會室說就可以了，為甚麼又要偷書，又要做模仿犯，這樣大費周章呢？」小綾問。

「因為你們根本不知道『飢餓』、又或是『不公平』是甚麼。但在我的安排下，你們現在應該明白到『飢餓』是一種怎樣的感覺吧？你們應該明白到面對『不公平』究竟有多絕望吧！」口罩男說。

「但你這樣做，其實只會令我們憎恨你吧，

根本達不到你想要的效果，那樣有任何意義嗎？」小綾追問。

「先不談這個，聖迷迭香書院獨裁學生會的會長，你要和我一起去建立一個更公平、讓學生生活得更開心的制度嗎？」口罩男沒有回答小綾的提問，直接問會長。

「我想我和你對『公平』的定義不太一樣，而且，我不喜歡你，身為『全能的雙胞胎』的姐姐，我的答覆是『我們不會幫你！』，我們整個學生會，整間學校都不會幫你，無論你想改變的是甚麼都好，『我們不會幫你！』」會長站起來，用右手指尖指著口罩男說。

「這樣好嗎？你們真的打算成為我的敵人？」口罩男說。

對，你就是我們
的敵人。

會長斬釘截鐵地說。

「好，我明白了，我一定會成功『改變這世界』的，而且，我不會再輸給你們的。特別是你，『天才推理少女』張綺綾。」口罩男說完，從窗口跳出去，然後逃去無蹤。

「可惡！」會長說，同一時間，副會長搖了搖頭，示意聯絡不到任何保鏢。

「我已經有頭緒口罩男是誰了。」小綾說。

「那是誰？」會長問。

「我還沒有確切的證據，下次如果他再出現，我一定會找到證據去證明他是誰的。」小綾說。

「小綾你就是愛賣關子！」會長說完，坐回梳化中喝茶，放棄了追問。

捍衛自由戀愛大作戰

日子來到十二月，
聖迷迭香書院和羅勒葉高校學生會
合作舉辦「聖誕聯校舞會」，
會長卻無故缺席籌備會議，
更傳出要和阿辰訂婚！
「天才推理少女小綾」
誓要保護會長自由戀愛的權利，
同時也發現了兩大學府秘密的往事……

經已出版

ST·ROSEMARY·COLLEGE

聖迷迭香書院

推理七公主

CASE 2

襲擊麵包店的模仿犯

作者	卡特
繪畫	魂魂 SOUL
策劃	余兒
編輯	小尾
設計	Zaku Choi
製作	知識館叢書
出版	創造館 CREATION CABIN LIMITED 荃灣沙咀道 11 至 19 號達貿中心 201 室
電話	3158 0918
聯絡	creationcabinhk@gmail.com
發行	發行泛華發行代理有限公司 將軍澳工業邨駿昌街七號二樓
印刷	高科技印刷集團有限公司 葵涌和宜合道 109 號長榮工業大廈 6 樓
出版日期	第一版 2020 年 1 月 第五版 2023 年 8 月
ISBN	978-988-79843-2-0
定價	$68

出版：　　　　　　　　　　　　　製作：